「俳聖殿」殿堂入りへの軌跡

針ヶ谷里三

文學の森

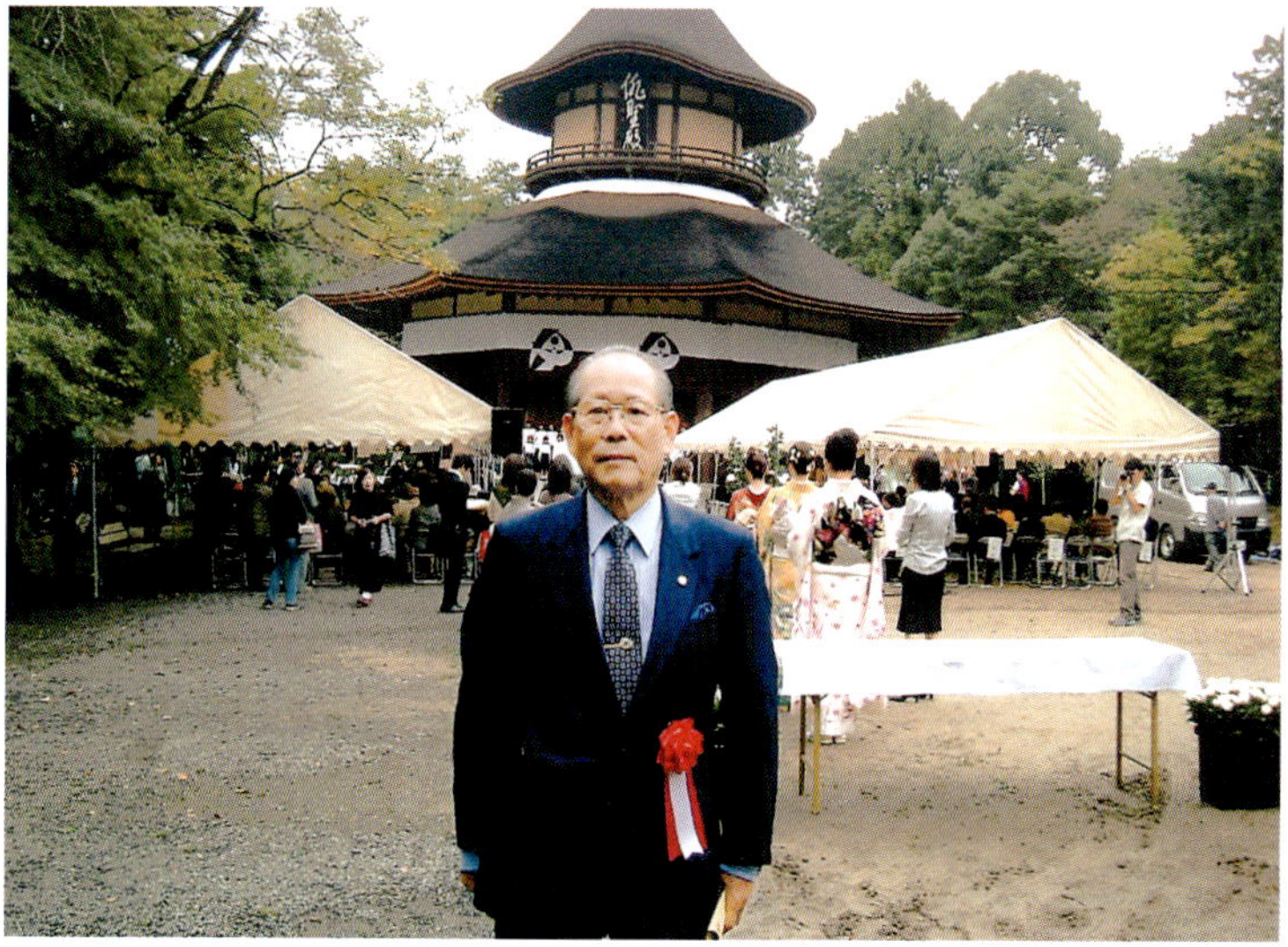

芭蕉祭受賞当日の筆者

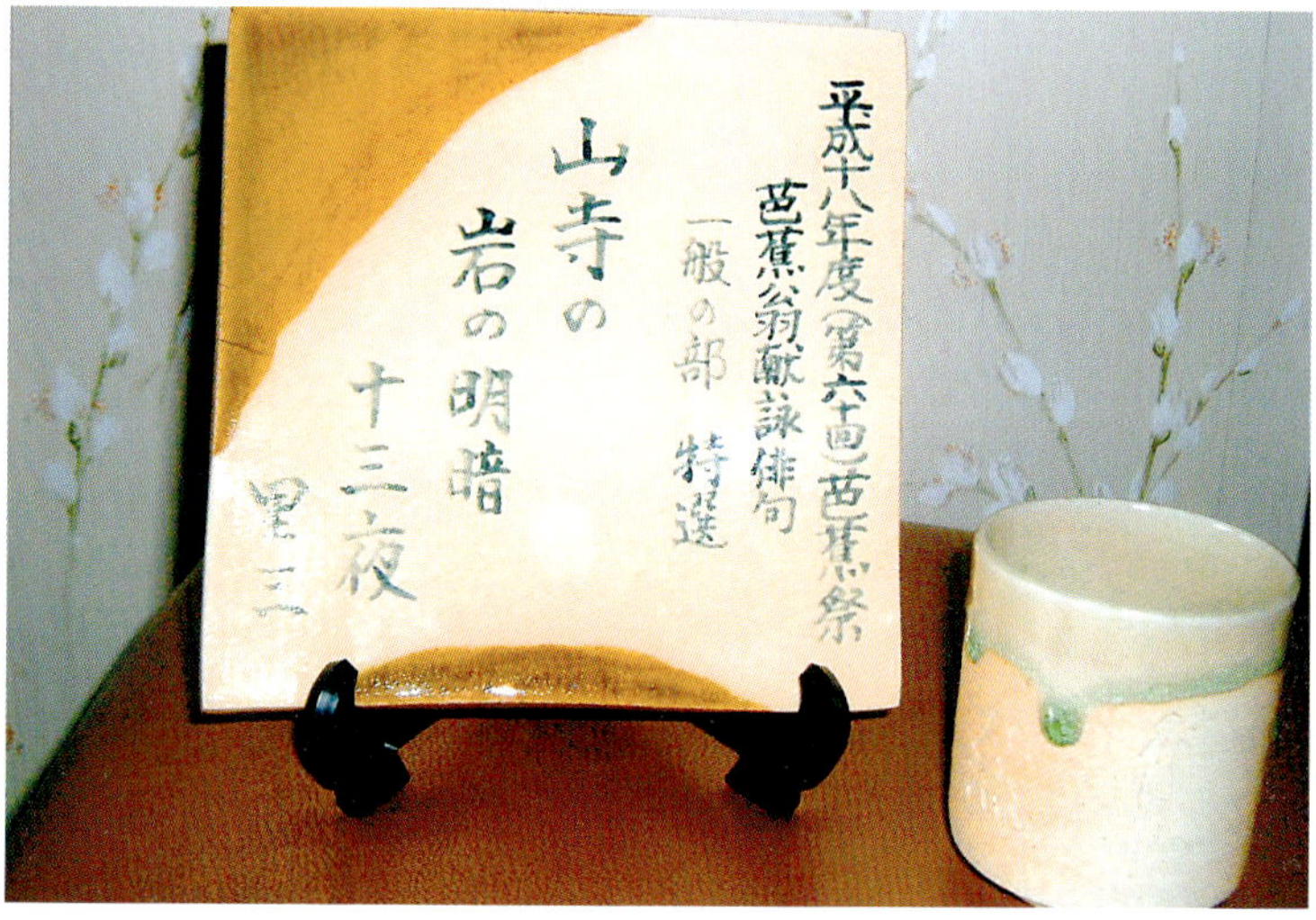

特選副賞（伊賀焼の盾と翁の「自然」の文字を印した湯呑）

賞状

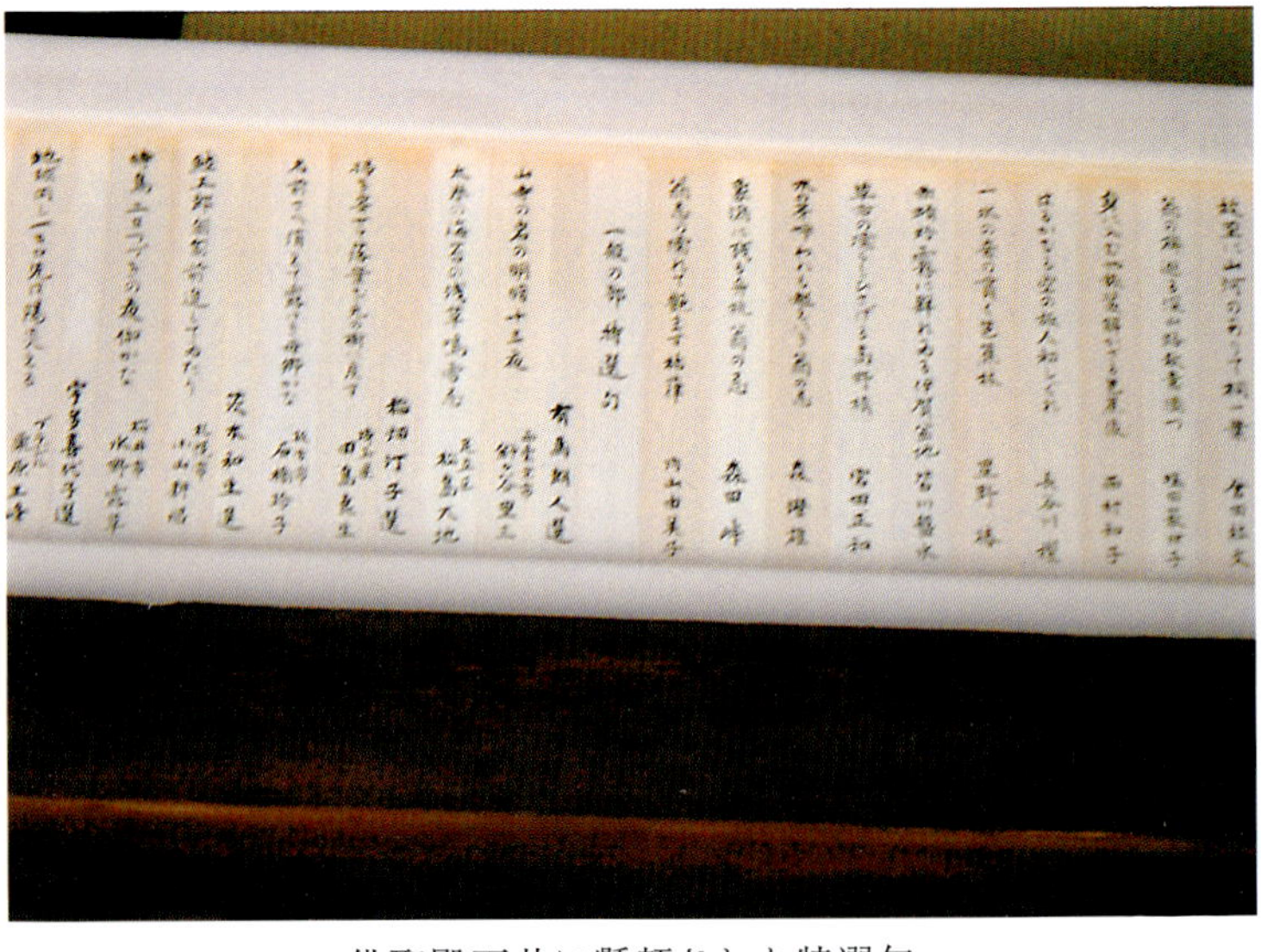

俳聖殿天井に懸額された特選句

受賞式

受賞を待つ筆者

自序

平成十八年十一月十一日、地元「美多摩新聞」四二八号に次の記事が載りました。

松尾芭蕉『俳聖殿』殿堂入り

有馬朗人先生選

山寺の岩の明暗十三夜

美多摩俳壇選者、針ヶ谷里三先生は、本年十月十二日、三重県伊賀市所在松尾芭蕉の俳聖殿で行なわれた、第六十回芭蕉祭において、海外からの投句を含めた総数三五、六八五句の中から見事特選第一席となり俳聖殿に懸額されました。

掲句は芭蕉が奥の細道の途次訪れた山形県立石寺で詠んだ〈閑かさや岩にしみ入る蟬の声〉の岩に触発されてできた句とのこと。この山寺の切り立った岩岩と杉木立の中を十三夜の月が西に傾いてゆく姿をリアルに詠んだもの。景が大きく「岩の明暗」で月のすぎていく時間的経過がよく現れた句で賞に輝いたものです。

氏は、俳誌、「白露」の会員、「都民文芸」同人、現代俳句協会会員などの外、「さとみ句会」会長として地元俳句の発展に多忙な日々を送られています。俳句を志している者にとってこの俳聖殿入りは垂涎の的でありこの度の快挙は、西東京市第一号として永く市民の心に残ることと思います。心よりお慶び申し上げるとともに益々のご活躍を祈念申し上げます。

と、一面写真入りの扱いで恐縮いたしました。

このころ、私が俳句と写真展で十年位ご指導をいただいた、「子午線」同人、「山口県詩人懇話会」会員、平井洋城先生にお話ししたところ、大変喜んでいただき、「俳句をはじめて二十年位で『俳聖殿』殿堂入りを果たしたことは珍しい。これを機会にあなたが俳句を始めてからどのような道を歩んだか一冊の本にまとめられたらおもしろい」と、再三『「俳聖殿」殿堂入りへの軌跡』の上梓を奨められました。しかし先生が間もなくお亡くなりになり、この話もそのままとなっておりました。

そのころは、私の俳句二十年の資料をかなり集めていました。そこでこの度、「文學の森」からのお勧めもあり、これを上梓する運びとなりました。もとより非才で齢六十二歳からの出発でありますが、このささやかな冊子がこれから俳句を志す方々の一条のひかりとなり得れば、これに勝る幸せはありません。

「俳聖殿」殿堂入りへの軌跡　目次

八、良き友人

「俳聖殿」殿堂入りへの軌跡

一、六十二歳の手習い

昭和二年生まれの私にとって「定年」は人生の終着駅。「鳴かず飛ばず」「ひっそりと余生を送る」、これが永年宮仕えをした自分にとっての美学のように思えた。しかし伊能忠敬が五十歳で隠居し、二十歳も年下の暦学者を師として日本地図を大成した故事に思いをいたし、私も「我以外皆我師」の心境に至り、公民館、カルチャーセンターなどで世のため人のためになる人生についていろいろ模索していた。

1　隣組のつき合い

昭和六十二年八月、隣組の前田日吉さんが突然私宅に来られ、「宮仕え四十年、誠にご苦労様でした」といつになくニコニコ話しかけられた。前田さんは、昭和三十五年から関西で飯田蛇笏氏の主宰する「雲母」に入って俳句をやっておられた。その後、転勤で狭山に移られ、「雲母」の東京句会に出ておられた。何としても俳句を続けたいので、狭山に「雲母西武蔵句会」をつくりたい。十九人は見つかったが、あと一人に是非あなたをお願いいし、二十名にしたいとのことであった。

私は、臍の緒を切ってから俳句のハの字もやったことがなかったので、「私にはそんな才能はない」と即座にお断りした。しかし、前田さんは来る日も来る日も私宅に来られて、しまいには、「私の立つ瀬がないから」と哀願されてしまった。これを見ていた家内が、「あれだけ熱心に来られるのだから、入ってあげたら。もし合わなくてもそれはその時、隣組のことでもあるし」と言うので、確か九回目のご来宅を機に入会することを約束した。それは私にとって清水の舞台から飛び降りる思いだった。

2　句会は戦場

「あらかじめ五句を作って雲母西武蔵句会の初句会においで下さい」との案内をもらい、昭和六十二年十月四日、会場の新狭山公民館に出席した。しかし五句と言われながら

木犀のこぼるるばかりの日和かな
蒼空の翼閃く赤とんぼ
香と花全山に満つ秋彼岸

の三句しかできなかった。ところが幹事の加藤親夫さんから「まだ三分ありますから、あと二句をつくって下さい」と言われ唖然とした。一か月かかってやっと三句しかできないのに二句できるわけがなかった。句会に入ると俳句の約束事、季語、文語、口語、古語……などが次々と飛び出し、どれをとっても判らないことばかりで、この先どうなることだろうと不安のうちに句会は終わった。

そこで帰りがけに前田さんに、「全く自信がない」と哀願すると前田さんは「誰でも初めはそんなもんです。そのうち自然と判ってきます」と、取り合ってもらえなかった。

3　いつ辞めるか

いつ辞めようかと思いつつ、二回、三回と句会に出席した。

「この季語はこれでいいか」
「て、に、を、は、はどれを使うか」
「古語はいかなる時に使うか」
「この季重なりは許されるか」
「前書を使ってもよいか」

などなど、両隣の人に質問するも全く応答なし。最初は馬鹿にされたのかと思ったが、よく考えてみると皆さんも自分の俳句のことで頭が一杯で、人様の分まで考える余裕のないことに気がついた。

まさに句会は戦場である。私と同じ年齢の人も俳句は三十年、四十年のキャリアのあることも判ってきた。そこで妻に「いつ辞めても義理が済む。せめて一年は辛抱しよう」と誓った。そのころ人伝に「今年入った針ヶ谷さんは、お年だからきっと別の句会で相当やった人だ」との話を聞き、そこまで勘ぐられたら「立つ瀬がない。いっそ辞めてしまおうか」との思いを強くした。

4　青春賦

そこでこのことを前田さんに再三再四話して、「辞めたい」と申し上げた。ある時、前田さんは、賞状大の大きさに書かれたサミエル・ウルマンの「青春賦」を下さった。それは、

「青春とは人生のある期間を言うのでなく、心の様相を言うのだ」

「意志、情熱、勇猛心、冒険心をもつ、これが青春だ」

「年を経ただけでは人は老いない。理想を失った時、初めて老いがくる」

とあった。サミエル・ウルマンはアメリカの詩人だが、前田さんの学んだ学校では、この「青春賦」で全学生の魂をひきつけたとのことであった。

前田さんは、「辞める」と頑張る私に対して餞《はなむけ》の言葉としてこの詩を下さったが、私はこれらの言葉に共鳴し、すっかり刺激された。

折角始めた俳句だから、「名句にふれる」「多作する」「挑戦する」をモットーに俳句を続けることとした。

5　為せば成る

そのころ私の軍隊の同期である神坂次郎氏の著書『男　この言葉』の中で、上杉鷹

山の

為せば成る　為さねば成らぬ何事も　成らぬは人の為さぬなりけり

にいたく感激した。鷹山は、アメリカ大統領ジョン・ケネディが大統領就任式に集まった日本人記者から「あなたの尊敬する日本人は」と聞かれ、即座に「ヨーザン・ウエスギ」と答えたほどの人物である。記者は信長か秀吉、家康と思っていたのに、徳川中期の地方の一大名に過ぎない鷹山の名前にびっくりした。早速調べてみると、米沢藩中興の祖で、十七歳で藩主となり、火の車の財政の藩を立て直した。徹底した倹約ぶりに驚いたとのことである。この鷹山が己の改革を断行したバックボーンとして、「為せば成る」を藩士全員に徹底して成功させたことをケネディは賞賛したわけである。

二、挑戦

このサミエル・ウルマンの「青春賦」と上杉鷹山の「為せば成る」が私の俳句人生の出発点となり、生き方を一変することとなった。

1　「雲母西武蔵句会」

私は元々歴史や国語が好きだったこともあり、とにかく一年間、休みなく句会に出席することを心に誓った。そこで黒田杏子著『あなたの俳句づくり』、清水基吉著『俳句をはじめる人のために』、秋元不死男著『俳句入門』等を買いこみ、納得のいくまで何回も読み返した。その結果、毎月の西武蔵句会で一～三句が入選し、さらに

母逝きて野分こころにひびきけり（S62・11）
花きぶしそよげば見ゆる素堂の碑（S63・5）
ものみなが動きだしたる大暑かな（S63・7）
の三句が天（出席した人がその日一番とった句）に入り
小鳥くる熱下りたる吾子の顔（S63・10）
が依田由起人先生の賞に入り、飯田龍太先生の『俳句・風土・人生』の本を頂戴した。
さらに二年四か月後の平成二年二月十八日、石神井公園初吟行において
百蝶の骨迄乾く旱かな
夏草や立髪立てし馬の顔
が天となり
紫陽花の雨にふるさと濡れにけり

水鶏の子ふと少年の日を追うて
土に伏す額の一花や落城碑

が依田由起人先生の賞となった。

2 「響句会」入選

私の定年後勤めた元日本火災海上保険㈱保証保険管理室の室長松井牧歌氏は、俳誌「響」の編集長をやっておられた。したがって私が「雲母」に入会したことを知り、早速入会させられた。氏は「響」主宰中嶋秀子氏の亡夫川崎三郎氏の友人である寺山修司氏とも親しく、編集長を買ってでたらしい。

私は昭和六十三年十二月一日から平成四年十月二十八日まで会員として所属していたが、平成三年七月一日号

春暁の心秘仏の戸にふれて
プラタナス芽ぐむ銀座のみずみずし
蛍烏賊闇に冷たき身をこがす

尊氏の兜飾れる五月かな

等で「響」準巻頭となった。これは「響」入会三年七か月目であった。なお、主宰の毎号の印象句五十句を記したい。

くれのこる山青々と鰯雲（S62・10）　○印は特選
残照の雲にのこれる秋の色（S63・11）
山垣や霧の底なる村一つ（〃）
石仏のまなざし遠し雪浅間（S63・12）
平成の朝を開き福寿草（H1・1）
水音の日に日に目覚め猫柳（H1・2）
雪解水再び瀬戸にめぐり来て（H1・3）
尼寺の木魚一ツや鳥雲に（H1・4）
春日部の駒止めさやか桐の花（H1・5）
昏れなずむ空にかがよい栗の花（H1・6）
青竹に神の水汲む旱かな（H1・8）
秋の月を入れて越前竹人形（H1・9）

山門のきざはし高し秋日傘（H1・10）
柏手は嬰の分迄七五三（H1・11）
廃屋にあわれ美し蔦紅葉（H1・12）
冬の月満天の星動かざる（H2・1）
叡山の晴れて雪散る琵琶湖かな（H2・2）
富士の裾見えて春立つ駿府かな（H2・3）
春の雪浅間優しき目鼻立ち（H2・4）
○世を捨てし人とおりけり葱坊主（H2・5）
麦の穂に目を休ませて試歩の道（H2・6）
尼立ちしあたりしずかに夏の萩（H2・7）
新涼の仏に赤き花供え（H2・8）
烏賊釣火夜の小島のあるごとく（H2・9）
甲斐駒に雲の湧き立つ秋暑かな（H2・10）
○菊膾赤城手にとる如くあり（H2・11）
神という祠小さき花八ッ手（〃）
冬芽とも花芽とも見えみずきかな（〃）

ふる雪や埴輪の如き寒立馬（H3・2）
からまつの雪の似合いて甲斐信濃（H3・3）
花いまだ冬木のままや桜餅（H3・4）
大雲海神々といて妻といて（H3・6）
伊勢参り亡母の俗名しるしけり（H3・7）
○羅に女の性の見えかくれ（〃）
○白髪に青き百合添え柩閉づ（H3・8）
百蝶の飛び立つ気配油点草（H3・9）
色鳥の声こぼし行く峡の村（H3・10）
梅檀の実の白々と凍の中（H3・11）
一閃の風紅こぼす萩の庭（H3・12）
洛北の水うつごとき時雨かな（〃）
楠大樹幣にこもれる淑気かな（H4・1）
春立ちて音色澄みゆく土鈴かな（H4・2）
蓬餅還暦の妻亡母に似て（H4・3）
盛衰は土に秘めたり二月堂（H4・4）

補聴器を替えて端座す春落葉（H4・5）
黒潮は北に梅雨めく鹿島灘（H4・6）
泊船の白のまぶしき浜昼顔（H4・7）
火の中に夜叉おそろしき薪能（H4・9）
オホーツクの海に紅ひく珊瑚草（〃）
満月の水も動かじ薪能（H4・10）

3　「文芸狭山」入選

「文芸狭山」は狭山市で発行する文芸誌であるが、俳句は水村雨渓氏の選で平成二年から五年の間、また短歌についても応募した。

俳句については

蜩や声つつぬけに峡の空
天と地の間合ひきはやか放ち馬
俎板に母の歳月鳥雲に

生きるとは生命惜しめと吾亦紅
灯を消して大満月の縁にあり
青北風に澄みゆく空の北斗かな
堀兼の井に平成の虫しぐれ
大文字消えし方より闇がくる

短歌については

酒酒と逝きし友あり秋彼岸新酒なみなみと墓石にかける
オホーツクの海にたゝずみ白砂を握ればはるか露国の香りす

などが入選した。

4 「毎日俳壇賞」受賞

「雲母西武蔵句会」の幹事加藤親夫氏は

墓地からも学校からも雲の峰

の句で、同清野修氏は

教頭の机驚くチュウリップ

の句で、「毎日俳壇」選者飯田龍太先生から「毎日俳壇賞」を受賞した。この俳壇賞は「雲母」主宰の選ということで、多くの「雲母」会員が応募した。そこで私もこの二人に遅れじと再々応募した。

その結果、俳句を始めて七年四か月、平成七年二月四日

戦せしことは語らず菊の酒

が大峯あきら先生の選で「毎日俳壇賞」を受賞した（龍太先生は選者をやめられていた）。

この句は二年七か月の少年航空兵の経験の中から生まれたもので、戦友の多くが沖縄で玉砕したことに思いをいたし、その人達の分まで長生きして社会に貢献しようという思いを吐露したものである。私は「毎日俳壇賞」がいかなる賞か判らず、毎日新聞社に問い合わせをした。それによると、前期特選四名、後期特選四名の八名が「毎

日俳壇賞」を受賞した。「毎日俳壇賞」は前期（一月から六月）後期（七月から十二月）の特選句の中からとくに優れた作品を、四名の選者が一人ずつ選んだとのことであった。この特選は、毎土曜日に新聞で発表するが、担当者の話では一週一人の選者のもとに約四千句の投句がある。したがって特選句は一か月十六句、一年では約二百句、この上位八名が、その年の「毎日俳壇賞」を受賞することを伺い大変感動した。

5 「毎日俳壇」入選について

「毎日俳壇」は飯田龍太主宰の選者であったことから同俳壇に投句することとなったことは、前記4のとおりである。しかし私はもう一つの理由があった。それは、俳句を始めて二年目からボツボツ「毎日俳壇」に投句していたが、一度として入選したことはなかった。ところが平成二年九月十五日、

青美濃の国の臍なる日の出かな

がいきなり龍太主宰の特選に輝いた。これは俳句を始めて二年十一か月目である。この日の朝、前田さんは毎日新聞朝刊十部を買って私宅に来られ、玄関で私や家内

に「お目出度う、お目出度う」と言って、わがことのように喜んでいただいた。その時、前田さんは、「こんなことは滅多にない。朝の内に新聞を買ってきたから、親戚の人や友人にあげたら喜ばれる。明日になると売れてしまうから」と新聞を全部置いていかれた。

まさに父親か兄貴のような前田さんのふるまいに親近感を覚え、感動した。このとき前田さんは「針ヶ谷さんはすぐ句集を出すこととなろうから、その時は『青美濃』の題名にしたら」と言われ、涙の出るほど嬉しかった。その後、平成十六年十二月、私の処女句集に『青美濃』の題名をつけて、諸兄姉から大いに歓迎された。龍太主宰は平成六年三月に選者をやめられたが、それまでに次の十句ほどを入選させていただいた。

百千鳥山に秘いろの風たちて（H3・6・22）
山鳩のこゑはるかなる晩夏かな（H3・10・26）
残菊の乱れも見せず昏れにけり（H3・11・30）
生きるとは雲行く如し春の星（H4・4・4）
駅長の貨車を見てゐる余寒かな（H4・4・11）

青柚子の下こんこんと仕込水（H4・12・19）
首細き子の駈けだすや春北風（H6・3・12）

また、大峯あきら先生・堀口星眠先生にも

京人形買ふ一月の女坂（H7・1・7）
帆船は壔に鎮もり春一番（H18・5・14）

をそれぞれ特選におとりいただき、更に諸先生方に次の句を入選とさせていただいた。

天領の一途にそばの白さかな（H6・10・22）
落葉ふむ仏の母の下駄のおと（H6・12・24）
初鏡暁闇に紅ひきにけり（H7・1・21）
大寒の触るれば落つる夕日かな（H7・1・28）
馬の目の凍てて泪をこぼしけり（H7・3・11）
真青なる五月の潮九十九里（H15・6・8）

6 「産経俳壇」入選について

「雲母」は平成四年八月号をもって終刊となり、平成五年三月から「白露」となり、廣瀬直人主宰となった。したがって私も引き続き「白露」会員として「西武蔵句会」に席をおくこととした。平成十年夏、群馬の実家へ行った折、「産経俳壇」選者を直人主宰がやっておられることを知った。そこで「産経俳壇」に投句することとなった。「白露」にかわってから五年の歳月で、直人主宰の行き方もわかりかけてきたから、毎月のように投句した。その甲斐あってか、平成五年五月十日から平成十六年三月十三日迄の選者期間、次の十句が特選となり、他五十句が佳作となった。

柚の花や寺領これより女坂（H10・9・13）
（平成十年度「産経俳壇」今年の四句の一句）
産み月の牛鳴く声か夕野分（H10・11・15）
ふるさとの誰彼遠し韮の花（H11・11・7）
まつすぐに暦のままの大暑かな（H12・9・3）
瀧音は空にかへりて常山木《くさぎ》の実（H12・12・11）

凩や新月消えるかと思ふ（H13・1・28）
百咲いて百の散華や夏椿（H13・9・9）
あかあかと寄進の木魚夏来る（H14・6・9）
釈迦牟尼の御目つぶらや煤払ひ（H15・2・2）
十方に父が塩ふる鍬始め（H16・2・15）

なお、「白露」のことについては、秀作など毎月の「白露」誌に発表されており、本稿ではふれないこととした。

7 「NHK俳壇」入選について

平成六年十一月二十六日、NHK全国俳句大会において、

三代の篳笥おどろく大暑かな

が有馬朗人先生の特選第一席となった。NHKホール壇上で十五人の当代を代表する俳人の先生方に囲まれての受賞は、生涯忘れることはできないものであった。この

ころから「ＮＨＫ俳壇」の選を廣瀬直人主宰がやられていたので、

花冷えや闇のふくらむ古墳群（Ｈ８・６・14）

の掲載を皮きりに、平成十年三月十三日迄の選者期間、

青北風や海神祀る島の杜（Ｈ９・12・12）

のテレビ放映まで十回前後の放映を果たした。他テレビでは、

まなうらにのこる茶毘の火夕千鳥　深見けん二選（Ｈ11・12・26）
蛍火の闇育てをり一の谷　〃（Ｈ12・７・23）
夏めくや甍まぶしき東大寺　鍵和田秞子選（Ｈ12・５・21）
色鳥や源氏これより須磨明石　〃（Ｈ13・９・16）

の四句が放映された。さらに、ＮＨＫ伊香保大会で、

少年に大器の相や雲の峰（Ｈ11・６・22）
送電線真只中に雲の峰（　〃　）

翌年のＮＨＫ伊香保大会で、

春尽の子猫一匹百姓屋（Ｈ12・6・28）
桑芽ぶく天の涯迄繭の国（〃）

ＮＨＫ川越大会で、

蔵づくり家紋古りたり夏暖簾（Ｈ14・4・29）

その後のＮＨＫ大会でも、

海鳴りは海女の晩夏か東尋坊（Ｈ15・9・30）
夕月や畳にひらく電子辞書（〃）
月光の毬藻にとゞく十三夜（Ｈ17・1・23）

がそれぞれ入選した。

8 「平成俳壇」入選について

「平成俳壇」は角川書店の総合誌「俳句」が平成の幕開けで新設した俳壇でかなり人気が高い。中村苑子先生には、

初霜の絹引くごとき山河かな（H4・2）

が推薦となった。また有馬朗人先生は、

稲妻の闇大いなる燧《ひうち》岳《だけ》（H11・12）
山茶花や花の月日の宇陀郡（H12・5）

が推薦となり、

たかだかと鎌倉古道藤の花（H11・10）

が秀逸となった。さらに藤崎久を先生は、

大いなる山のかぶさる夜振かな（H6・9）

が推薦となり、河野多希女先生は、

吉野山天意のごとく初ざくら（H11・6）

を推薦とし、

大寒の灯の煌々と海ぼたる（H12・5）

を秀逸とした。森田峠先生は、

鳥居なほ一本足や長崎忌（H8・10）

を推薦とした。さらに鈴木鷹夫先生が、

白朮火の一つ橋行く高瀬川（H11・4）

を秀逸とした。この他森澄雄先生二句、藤崎久を先生二句、堀口星眠先生一句、斎藤夏風先生三句、鍵和田秞子先生五句、星野麥丘人先生二句、能村登四郎先生、今井杏太郎先生、伊藤通明先生、篠崎圭介先生、今瀬剛一先生各一句が佳作となった。

他に俳句総合誌では「俳句α」の「α俳壇」で、加藤楸邨先生が、

満天の星がとぶなりお水とり（H5・5）

を入選とした。

9 「読売俳壇」入選について

「読売俳壇」は、

鯎をさす手を休めては比良の雪（H8・4・6）

が森澄雄先生の特選となり引き続き、

家持の氷見の海見ゆ秋桜（H12・11・12）
仏にも神にも手向け菊の酒（H12・11・26）
あら玉の天あをあをと甲武信岳（H13・3・11）
化野も嵯峨野もひとし竹の秋（H13・5・27）
羅の蟬のごとくに少年僧（H13・7・1）
弘川寺に雪なほのこる西行忌（H16・4・13）
春霞鳰の海より比良比叡（H17・4・18）

も特選となった。ついで、

土蔵から巽のひかり寒の入り（H14・2・17）

が福田甲子雄先生の特選となり、ついで、

結界の奥の院から黒揚羽（H14・7・4）

轆轤師の手元五月の風生まる（H16・6・21）

も特選となった。ほか森澄雄先生五句、能村登四郎先生四句、福田甲子雄先生六句が佳作となった。

10 「都民文芸句会」について

平成八年十一月、東京ルネッサンス、すなわち文学的に地盤沈下した東京の文学的風土の復興を主張する「都民文芸」が松嶋光秋氏の呼びかけで発足した。私は「毎日俳壇」に投句していたが、時々松嶋氏の入選を見て名前は諳んじていた。氏がかかわっていた『利根川歳時記』に句を応募した縁もあり、私に白羽の矢があたり、是非「都民文芸」の俳句講師をしてくれとのことであった。この会は他にエッセイ、詩、短歌などで総合文芸であったので、私が句会講師をすることとなった。そこで発表した自作の一部をここで紹介したい。

平成十一年

一息に富士を埋めて寒茜
春浅し子の手にひかる百円貨
春寒し名前呼ばれし手術室
春立つや古稀の血をどる試験官
かたかごの花や昔の関所跡
土筆摘む子らの声染む夕日かな
わが鼓動嬰のひよわき春立ちぬ
卒塔婆のはじめ南無の字春の雪
阿蘇五岳寝釈迦のごとき仏生会
もののめのそらへそらへと豊後富士

春雪や上総の天《そら》のありどころ
由布岳は雲に閉ざされ花まつり
老斑は男の記章更衣
琴の音の階のぼりゆく立夏かな
湖より柚の花匂ふお吉寺
落し文定家歩みし奥嵯峨野
青田四方に率ゐぬ坂東太郎かな
黒南風の天日昏し日向灘
はや子規のくぐることなき伊予簾
吾子逝きて山に向ひて草矢うつ
一村を貫く炎曼珠沙華
蟬鳴きし天遠ざかる九月かな
片品の夕べははやし蕎麦の花
鳶の輪のくづれて仄と秋の虹
千年の堂塔くらし初時雨
木の実落つ一茶の国の坊泊り

たかだかと熊手大きく一の酉
屛風絵の龍虎いでくる小春かな
新月の本郷菊坂一葉忌
深谷葱義貞踏みし鎌倉道
石蕗の黄の太初の如し寂光院
麦芽ぐむ赤城榛名や上州路
無患子の天さえざえと深大寺
白鳳仏眉目ゆたかに小春かな
木枯しや天どこまでもがらんどう
寒牡丹そびら丹色の東照宮
雪降りし藁の匂ひや寒牡丹
大輪の一茎一花冬牡丹
ニコライの鐘のくぐもる暮雪かな
竹売りの声遠ざかる飛雪かな
冬ざれや山にかしこき墓一基
探梅の枝の先なる榛名富士

落人の如き探梅平家村

平成十二年

一月の灯の煌々と海ぼたる
堰おつる水の遅速や梅二月
木魚の音ほつほつと夜の梅
暁のひかりまどかや寒卵
江戸絵図の堀の水色春祭
初蝶の萬年橋の北に消ゆ
芭蕉庵翁の額に春の虻
入相の鐘をちこちに夕ざくら
世の音に馴れし赤子や春闌けし
あかときの月に匂へり初ざくら
金縷梅のいろとどのひし神の山
武蔵野の独歩の空や凧
火の島の海あをあをと春の潮

花きぶし人呼ぶごとし蛍沢
まつさらな墓標一ツや鳥雲に
鐘一打一打十里や花の雲
鐘霞む聖橋から淡路坂
あかときの海あをあをと初ざくら
雲を脱ぐ滴る富士や三ツ峠
ぬばたまの湯女の髪にもあやめ草
郭公の声澄み透る大菩薩
夕顔の闇斥けて一花かな
三代の女系家族や桐の花
あぢさゐやふと少年のリトマス紙
存分につゆちりばめて額の花
あぢさゐの白ぽつかりと通夜の宿
あかときの水面音なく蓮見舟
わが意得しごとく開きぬ水中花
桜桃忌太宰居さうな天下茶屋

飽食の烏来て鳴くパリー祭
せせらぎの闇のぼりゆく初蛍
産み月の娘に添ふ妻の日傘かな
越前の海の音澄む水中花
蓮咲きて方三尺の寂光土
朝顔女声瑞々し入谷かな
奥多摩は雲湧くところ青胡桃
あをあをと四万六千日の天《そら》
蔦ひけばあらぬ方より烏瓜
色変へぬ松や遠世の京都御所
夕映えは雲を離さず蛇笏の忌
新月の鎌のふれ合ふ枯木山
枕辺に末期の水や冬銀河
臘梅に闇の深さの奥の院

平成十三年

着ぶくれて大国主命かな
余生とは妻と二人や松の内
春着行くそびらくろぐろ時の鐘
神の扉の開け放たれし淑気かな
大旦天に一ツや太郎月
大寒の水どつぷりと六腑かな
凍蝶の忘れし魂のありどころ
今生の今どのあたり冬ざくら
大空の雪の白妙睦月富士
行く雁の空定まらず南部坂
八丈富士いろととのひて初つばめ
春立つや火入れ済みたる登り窯
一合にいのち温む余寒かな
立春のひかり放ちて仁王の目
灯台うつ春の怒濤や佐多岬
菜の花や特攻行きし薩摩富士

近江路はふりみふらずみ菜種梅雨
雲わけて分けてすつくと五月富士
山一ツ動くごとしや蛍の夜
火の島を海に埋むや青嵐
千鳥ヶ淵墓苑に消えし初蛍
梅雨に入る王子七滝七こだま
卯波より真砂女いで行く傘雨の忌
朱印帳余白一枚花石榴
ふるさとはわが来し方や青山河
汐木焚く煙一筋夏の果
火の島の火いろ美し葉月かな
実朝に未練ありしや鯖火燃ゆ
黒南風に卒塔婆鳴るや子規の墓
葛飾の水田あかりや遠郭公
水番のバッグにそつと三国志
一族の大河を背にし水盗む

打水の粗相詫びをり京言葉
源流は雲湧くところ花胡桃
苫舟の海士の見てゐる鰯雲
俳聖殿吾を誘ふ萩の紅
水澄むは心澄むごと五十鈴川
父の忌につづく母の忌菊日和
ガス灯は明治の気品蔦紅葉
道祖神昏れてのこれり蕎麦の花
馬子唄の消えし小諸や葛の花
青北風や目鼻欠けたる水子仏
時宗の首を捧げし菊師かな
秋風や千の絵馬なる天満宮

平成十四年

横たはる多摩の山脈初茜
初稽古声朗朗と太郎冠者

大江戸線闇の中から嫁が君
寒に入る仁王の輝のありどころ
一の矢の喚声天に弓始
初筑波笠間稲荷の東歌
松すぎて常の如しや渡し舟
寒灯の一ツの闇の深さかな
大寒の火を放ちたる登り窯
大寒やわが念力のありどころ
寒三日月利鎌の匂ひ放ちけり
大寒の空真二ツに飛行雲
廃校と決まりし雪の創立碑
お七の碑空がうがうと空っ風
鉛色の空しんしんと雪催ひ
石の如動くを忘れ寒の鯉
雪のこる小夜の中山西行忌
記紀の代のごとし湯島の梅白し

篁の月光さやと利休の忌
安曇野の水きらきらと猫柳
ニコライの天地は人なり春の雪
いくさなき国ゆさぶりて春疾風
こんにやくの満身創痍針供養
鍵穴にのこる風雪二月尽
白き帆は島の鼓動か夏兆す
庭下駄の素足はんなり龍安寺
夏めくや駒の蹄の南部坂
八月の山に木の声人の声
八月の写楽顔だす懺悔室
一雨すぐ竹百竿の涼あらた
蓮の実の飛んでしづまる弁天堂
子規庵の夕ぐれ早し鶏頭花
糸瓜忌や火種のごとき柿二ツ
志問ふに非ずや吾亦紅

木の実落つ麻布寺町南部坂
初時雨白秋住みし鳴子坂
清宝院提灯百個石蕗の花
山頂の空鈍色に冬に入る
鮎の碑にてらてら桜紅葉かな
百年の梁くろぐろと榾明り
仏壇の母の見てゐる大榾火
蜀山人歌碑にほろほろ冬桜

なお選については、私が毎月大賞一、特選五、入選十句を選び、評は毎月「都民文芸」で発表している。

大賞句他二五〇句を『十七文字の小説』として発行した。

11　「さとみ句会」について

平成十三年四月に田無公民館の講座のＯＢを中心に「さとみ句会」を発足させたが、

同会は全くズブの素人が集まったことで、一年間は俳句の座学、二年目は出句二句ということで遅々としていた。平成十五年「さとみ句会」第一句集をだし三十二名が熱心に精進し、その甲斐あって平成二十年第二句集を刊行し大いに士気が上がった。そこで十六年から二十年に至る新年句会の成績を発表したい。

平成十六年

天 奉納の絵馬に誤字見ゆ初天神　　高橋葉菜絵

地 初夢に天女と舞ふや越天楽　　甲斐　充代

人 初日記三日坊主の余白かな　　玉井　葉子

平成十七年

天 どんど果て浄闇深む故山かな　　若林アヤ子

地 初姿吾も見まがふ藍紬　　玉井　葉子

人 淑気満つ紅白ゆれる巫女の舞ひ　　若林　宏美

平成十八年

天 装ひの帯ふくよかや女正月　　若林アヤ子

地 装ひの人に華やぐ初句会　棚木　捷吉
人 元朝の静寂すがし香をたく　吉松　淑子

平成十九年

天 衣ずれの音嫋やかに初点前　若林アヤ子
地 重箱の蒔絵拭きあげ松終る　小林　弘美
人 元朝の静寂の中や瑞気満つ　吉松　淑子

平成二十年

天 舞ふごとし蒔絵の鶴や屠蘇の盃　玉井　葉子
地 嫋やかな弥勒の顔に初日さす　棚木　捷吉
人 より高く絵馬かける子に初明り　大杉　銚子

次に年度別秀句にふれたい。

平成十五年度

沖凪ぎて光る白帆や春日傘　若林アヤ子
春寒や友禅流る桂川　甲斐　充代

山脈を五線譜と見ん春の鳶　高橋葉菜絵
一村を口に入れたり鯉のぼり　〃
老鶯の一声沁みる心字池　若林　宏美
光琳の緞帳重しかきつばた　甲斐　充代
有明の新緑つなぐ五ツ橋　大石　孝子
一堂に兄弟姉妹集い魂迎え　小森　廣子
瑠璃色の母の蝦蟇口ラベンダー　〃
セピア色の母の故郷青田風　加藤眞紗子
秋刀魚の目焼かれて青し海の色　山崎　静江
洗ひ立て綿の着心地蕎麦の花　若林アヤ子
新涼のマ行またひく古辞典　加藤眞紗子
緑陰にひそと三代ひかり堂　玉井　葉子
秘めごとの二ツ三ツや女郎花　若林アヤ子
鰯雲一川の町通りけり　加藤眞紗子
紅葉踏む赤い鼻緒の宿の下駄　高橋葉菜絵
琥珀色鎮守の森に後の月　徳田　和代

秋鯖や真砂女の好きな海の青　高橋葉菜絵
雲水の傘深々と木の葉雨　若林アヤ子
楽譜なき風の調べや虎落笛　若林　宏美
やわらかき遺影をふいて師走かな　松本　藤江
言ひ訳はすまじと決めて根深汁　高橋葉菜絵
五輪書閉ぢて大根抜きに行く　今井　秀夫
小春日や畳に残る爪一片　加藤眞紗子
寒月や前に後に影法師　田辺　孝子
実朝の海凪ぎわたる初茜　若林アヤ子
童顔にかへりし母の手毬歌　〃
恙なくつましく生きて屠蘇祝ふ　吉松　淑子
化粧坂風やはらかく初音かな　若林　宏美
梅の里万蕾ゆする峡の風　若林アヤ子
白梅を一枝添へけり形見分け　大久保アヤ子
海鳴りは鎮魂の歌実朝忌　若林アヤ子
口開けぬ不届きもありしじみ汁　山崎　静江

平成十六年度

机上には人間失格卒業子　小森　廣子
一幣の光は闇へ恋の猫　若林アヤ子
朧夜や書き散らしたる犭偏　加藤眞紗子
鐘つきし捨て鐘三ツ涅槃西風　高橋葉菜絵
警策の微かに聴ゆ座禅草　小森　廣子
嬰児の手にも一片花吹雪　田辺　孝子
海を吐く厨の闇の鬼浅蜊　加藤眞紗子
身の内に獣飼いたる春の月　〃
石の上の陣張りしより亀の声　〃
見上げれば青葉の回廊立石寺　檜山恵美子
悲喜劇のピエロの涙戻り梅雨　徳田　和代
豆しぼり女ざかりの祭り足袋　高橋葉菜絵
筑後川闇切りすすむ鵜舟かな　大石　孝子
次の手を読みきっている白扇子　松本　藤江

武蔵野の空ぬりかへし夕立風　若林アヤ子
朝顔の五色に咲けり通知票　小森廣子
菊の香をこぼして八瀬の引き売女　高橋葉菜絵
生き様を自分史に書き古酒新酒　棚木捷吉
秋天に海女の磯笛つきぬけて　大杉銚子
四代目吾子の重さや十三夜　廣瀬良
朝顔や路地にこぼれる三味の音　若林宏美
紅葉映ゆ天降りしか乙女像　小森廣子
鬱の字は二十九画柿渋し　高橋葉菜絵
湯の宿に聴く潮騒や星月夜　若林アヤ子
寿福寺の箒目すがし夕紅葉　玉井葉子
そぞろ寒苔をまとひし石仏　〃
保線夫の声賑やかに朝時雨　田辺孝子
わらんべの声の遠のく冬茜　廣瀬良
小春日や手足ながながが猫昼寝　吉松淑子
寒柝の音しんしんしんと闇渡る　若林アヤ子

茶柱立ち一人静かな日向ぼこ　大久保アヤ子
そこはかと人の恋しき冬桜　若林アヤ子
松過ぎて指をればはや耳順かな　豊原　尚夫
千年の蹠の下に邪鬼の寒　加藤眞紗子
丘ひとつ花菜の色に傾けり　高橋葉菜絵
妻子なき人の葬りや虎落笛　廣瀬　良
今生の梅見と杖を持ちにけり　金澤　圭子

平成十七年度

花菜風はらむ帆船遠筑波　若林アヤ子
大漁に歓声天まで磯焚き火　大杉　銚子
春浅し絵筆に草の色のせて　高橋葉菜絵
藻の下の鯉秘やかに水ぬるむ　小林　弘美
石屋根の残る奥美濃春浅し　高橋葉菜絵
また出して遣ふ膝掛け菜種梅雨　小林　弘美
しめりくる髪の重さや夕桜　加藤眞紗子

藤房のゆたかさに風やはらかし　棚木　捷吉
ターナーの絵を見るごとき弥生空　豊原　幹子
筒鳥の声かと佇む奥の院　石巻　悦子
絵手紙の色重ねつつ濃紫陽花　玉井　葉子
緑蔭や指の先迄子は眠る　高橋葉菜絵
白帆上げ風待つごとし水芭蕉　若林　宏美
ゆつたりと利根の渡しや麦の秋　〃
能登訛り声涼やかに磯売女　高橋葉菜絵
夫を呼ぶ声しなやかに蛍の夜　若林アヤ子
闇に舞ふ母の御魂か蛍の火　棚木　捷吉
母逝きて明治終りぬこぼれ萩　大久保アヤ子
夕蟬の声を消しゆく通り雨　棚木　捷吉
六十路越ゆはらから七人茄子の雨　若林アヤ子
草笛の風にのりたる行方かな　高橋葉菜絵
朝霧へ幣をふるなり山開き　新谷　文子
老犬の去りし狭庭や秋の風　安達加代子

那須岳の岩場にひたとえぞくわんざう　玉井　葉子
秋風や峠の地蔵を撫でていく　石巻　悦子
しなふ手は妣より給ふ風の盆　若林アヤ子
ただ待つときめて繙く夢二の書　小林　弘美
秋灯の書架の手擦れの立志伝　高橋葉菜絵
夢に見し母が手を振る里の秋　大久保アヤ子
新米を食はばまぶたに父母の顔　吉松　淑子
安達太良の天たかだかと智恵子抄　高橋葉菜絵
ときめきの一絵加はる小春かな　吉松　淑子
暮れなづみ影絵の如き冬木立　安達加代子
新札もなじみ小春の一葉忌　玉井　葉子
自販機の釣銭ぬくし枯葉舞ふ　新谷　文子
塩鮭の皆口あけて吊られけり　高橋葉菜絵
入日染む海まなかひに紅葉散る　若林　宏美
たきび囲み年守る故郷なまり　新谷　文子
安芸の国訛もやさし桜鯛　徳田　和代

平成十八年度

のどけしや浅草を行く人力車　棚木　捷吉
まなかひに北信五岳冬うらら　玉井　葉子
大和絵の業平に逢ふ春の展　田辺　孝子
国技館甚句響ける梅日和　〃
蕗の薹土迄匂ふ写生かな　大久保アヤ子
耳染めし少年の掌に桜見る　若林アヤ子
別れ雪あの雲からか国境　若林　宏美
芽ぶけるや天空に島おしあげて　高橋葉菜絵
老いてなほ仙女のごとし春菜摘む　大杉　銚子
半円に遠き桜や眼鏡橋　若林　宏美
牧水の歌碑の恋歌百千鳥　若林アヤ子
軒二間浅蜊も枡で売られけり　小森　廣子
ゆらゆらと揺れて天染む紫木蓮　豊原　尚夫
五百号微笑みてモナリザ夏に入る　高橋葉菜絵
貴船川床瀬音に消ゆる京言葉　若林　宏美

一川の如く墾道　麦の秋　若林アヤ子
江戸屋敷残る宿場や青しぐれ　若林　宏美
水牛の歩みのどかな島は梅雨　小林　弘美
ゆすらの実ルビーの如しつゆぐもり　加藤アサ子
揺るぎなき絵師の筆先釣忍　金澤　圭子
岩魚焼く嘉門次小屋やモカ香る　新谷　文子
一重帯明治の母の手擦れあと　高橋葉菜絵
笹飾り両手にあふるる願ひ事　大杉　銚子
鳴砂の響き清けし夕月夜　若林　宏美
鮎落ちて瀬音あらぶる峡の宿　高橋葉菜絵
天高し心澄むごと四聖殿　廣瀬　良
入院の妻へテープの虫の声　今井　秀夫
菊花展菊師の一念ここに尽く　新谷　文子
繰り言を聞いて聞かれて暮秋かな　金澤　圭子
観世音指の先なる秋思かな　高橋葉菜絵
放つ網夕日包めり秋の川　〃

漆黒の凪の一湾冬花火　徳田　和代
返り花未完のままの遺言書　高橋葉菜絵
冬ざれや昏るる四万十沈下橋　若林　宏美
そぞろ寒巡る安曇野道祖神　玉井　葉子
十二月魚拓は眼見開きて　高橋葉菜絵
にこやかに並ぶ羅漢に銀杏散る　石巻　悦子
歳晩の刻削りゆく砂時計　高橋葉菜絵
束の間の裸木染むや寒茜　玉井　葉子
初茜粛と明けゆく秋津島　新谷　文子
探梅やつぶやき程の紅蕾　若林アヤ子

平成十九年度

山うごく日本列島花だより　大杉　銚子
常念岳に常念坊見ゆ畑うたる　新谷　文子
甲斐山廬千の風吹く龍太の忌　高橋葉菜絵
遠近の田に人影や辛夷咲く　若林　宏美

春動く七面太鼓ばちさばき　豊原　尚夫
鳴き交はす多摩の麓の百千鳥　石巻　悦子
み吉野の雪より白し花の雲　若林アヤ子
悪相の図鑑の魚や梅雨籠　高橋葉菜絵
柿若葉木曾の刺子の藍深し　〃
千鳥ヶ淵雲と見まがふ桜花　加藤アサ子
心太きらりと義理をかく世かな　棚木　捷吉
心字池一隅照らす花菖蒲　若林　宏美
露座仏の身ほとり清し著莪の花　若林アヤ子
老鶯やつかず離れず島めぐり　田辺　孝子
群青の風にのりくる遠郭公　若林アヤ子
見はるかす北信五岳青田風　玉井　葉子
朝焼の中に穂高の日の出づる　棚木　捷吉
潮しづめ山をしづめてほととぎす　若林アヤ子
壺あふれ百合白々と夫病めり　高橋葉菜絵
うたかたの夢のつづきや籠枕　新谷　文子

梯梧の花人間魚雷ありし島　田辺　孝子
菖蒲咲き佐倉水郷櫓が軋む　池田　照子
句を糧の一茶の旅や衣被　若林　宏美
七十の今も末っ子柘榴の実　高橋葉菜絵
むらさきは千年の色式部の実　若林　宏美
水琴窟五臓六腑に秋の声　豊原　尚夫
稲穂波棚田なだれて日本海　若林　宏美
ほろ酔うて猫に添ひ寝や十三夜　大杉　銚子
萩こぼれ鎌倉大仏切通し　豊原　幹子
八雲忌や狐花満つ高麗の里　新谷　文子
新蕎麦の墨黒々と飛騨格子　高橋葉菜絵
錦彩の紅葉波うつ甲斐の山　吉松　淑子
青年は恥ぢらひを見せ冬桜　金澤　圭子
一片の雲なき小春一葉忌　新谷　文子

三、私の各特別賞受賞について

1　「産経俳壇」今年の四句

柚の花や寺領これより女坂　（田無市）針ヶ谷里三

他三句

〈選者　廣瀬直人先生評〉

私は甲府盆地の東の縁のあたりに住んでいます。勿論、八方に遠近の山々が連なっていて、家の周囲は葡萄の栽培を主にした農村です。ここに年間の秀作として取り上げた作品の内容は、そうした私の日常と必ずどこかで重なっています。それぞれ、季語の感受、それに関わる情景の捉え方が的確です。

基本に戻って言いますと、季感に対する反応の強弱は作品の内容を支配するということ、それともう一つはリズム。これにも当然強弱があって、感動の内容はそのままリズムとなって表れてきます。

（「産経新聞」平成十年十二月二十七日）

2 「伊勢神宮観月会」入賞

十五夜に響く詠み声　伊勢・外宮勾玉池で「神宮観月会」

十五夜の二十一日、伊勢市豊川町の伊勢神宮外宮で、秋の恒例行事「神宮観月会」が開かれた。曇り空越しに中秋の名月がわずかに姿を見せ、訪れた人たちは夜空の下で優雅な披講や雅楽を楽しんだ。

神宮の観月会は、明治三十一年に就任した冷泉為紀大宮司が伝えた冷泉流にのっとり、戦前まで皇學館の学生らが開いていた。校庭の芝生で和歌を詠み、市民にクリや団子を配る催しだったと伝えられている。戦後になって勾玉池に会場を移し、神宮楽師らの手で続けられている。

ここ三年は毎回、雨に見舞われた観月会だが、今年は久しぶりに池の特設舞台で開かれた。ススキや秋の七草が供えられた舞台で、白い浄衣姿の楽師らが応募があった短歌や俳句をゆっくりと詠み上げていった。雅楽、舞楽の披露もあり、集まった市民らは虫の声が響く会場で秋の一夜を楽しんでいた。

観月会への短歌・俳句の応募は計千八百八十七点あり、（中略）俳句は西東京市の針ヶ谷里三さんの〈空よりも海のまぶしき月見舟〉が特選に輝いた。

（「伊勢新聞」平成十四年九月二十二日）

3 「東京新聞賞」受賞

東京新聞賞（賞状、副賞トロフィー）

選者　小島千架子、大高翔、武田伸一

白 木 蓮 月 下 に 祭 あ る ご と し　（東京都西東京市）針ヶ谷里三

評　白木蓮は中国原産、花が蓮の花に似ているところから木蓮とされた。耽美な感じで仄かに匂う春の代表的な庭木、高さ十米位で一つずつ大輪の花を咲かせる。掲句はその白木蓮が満月にあたりを圧倒する如く乱れ咲く様を「月下に祭あるごとし」として成功した句。

針ヶ谷里三氏は本年五月二十八日、江戸東京博物館で行われた、第五十一回東京都俳句人連盟東京都俳句大会において総俳句数二三一六句中第二位となり東京新聞賞を受賞された（一位東京都知事賞）。

（「美多摩新聞」平成十八年七月十一日）

4　平成十九年「角川全国俳句大賞」東京都賞

平成十八年九月一日から平成十九年二月十五日迄に応募のあった一四、六一四句の中から予選選者により一、九七八句を選び、名前を伏せて八名の選考委員選を仰ぎ、さらに「角川全国俳句大賞審査委員会の議」を経て私の

西　陣　の　庇　百　間　夕　燕

が、東京都賞に決定した。

5　平成二十年「角川全国俳句大賞」東京都賞

平成十九年九月三日から平成二十年二月十五日迄に応募した二〇、三一六句の中から予選選者により二、三四八句を選び、名前を伏せて八名の選考委員の選を仰ぎ、さらに「角川全国俳句大賞審査委員会の議」を経て私の

大利根の西も東も麦の秋

が東京都賞に決定した。

6　各種特選等・歳時記掲載句一覧表

◆各種特選等一覧表

年月日	選者	投句先（略称）	俳句
H2・5・1	中嶋　秀子	響	世を捨てし人とおりけり葱坊主
H2・9・1	松井　牧歌	響	烏賊釣火夜の小島のあるごとく

H2・9・15	飯田　龍太	毎日俳壇	青美濃の国の臍なる日の出かな
H2・11・1	中嶋　秀子	響	菊膾赤城手にとる如くあり
H3・7・1	〃	響	羅に女の性の見えかくれ
H3・10・1	〃	柴又俳壇	白髪に青き百合添え柩閉づ
H4・2・1	中村　苑子	平成俳壇	初霜の絹引くごとき山河かな
H5・5・1	加藤　楸邨	α俳壇	満天の星がとぶなりお水とり
H6・9・1	藤崎　久を	平成俳壇	大いなる山のかぶさる夜振かな
H6・10・6	沢木　欣一	千代女俳句大会	旱星またたくことを忘れけり
H6・10・8	能村登四郎	〃	一つきに金色走る心太
H6・11・26	有馬　朗人	ＮＨＫ全国俳句大会	三代の箪笥おどろく大暑かな
H7・1・7	大峯あきら	毎日俳壇	京人形買ふ一月の女坂
H7・2・4	〃	〃	戦せしことは語らず菊の酒
H7・4・30	鷹羽　狩行	都留大会	天上に水尾あるごとし鶴の竿
H7・10・29	乾　燕子	宇和俳句フォーラム	大いなる富士の背を見る蛇笏の忌
H8・4・6	森　澄雄	読売俳壇	魞をさす手を休めては比良の雪
H8・10・1	森田　峠	平成俳壇	鳥居なほ一本足や長崎忌

H9・5・22 前川きくじ 余呉町俳句大会
H9・9・21 松本夜詩夫 鬼城俳句大会
H9・12・12 廣瀬　直人 NHK俳壇
H10・11・15 〃 産経俳壇
H10・12・27 〃 産経俳壇今年の四句
H11・6・1 河野多希女 平成俳壇
H11・11・7 廣瀬　直人 産経俳壇
H11・12・1 有馬　朗人 平成俳壇
H11・12・26 深見けん二 NHK俳壇
H12・5・1 有馬　朗人 平成俳壇
H12・5・21 鍵和田秞子 NHK俳壇
H12・7・23 深見けん二 〃
H12・9・3 廣瀬　直人 産経俳壇
H12・9・5 前川きくじ 余呉町俳句大会
H12・11・5 松澤　昭 国民文化
H12・11・12 森　澄雄 読売俳壇

余呉百戸寒柝湖をわたりくる
戒名は俗名がよし万愚節
青北風や海神祀る島の杜
産み月の牛鳴く声か夕野分
柚の花や寺領これより女坂
吉野山天意のごとく初ざくら
ふるさとの誰彼遠し韮の花
稲妻の闇大いなる燧岳
まなうらにのこる茶毘の火夕千鳥
山茶花や花の月日の宇陀郡
夏めくや甍まぶしき東大寺
蛍火の闇育てをり一の谷
まつすぐに暦のままの大暑かな
余呉百戸水の匂ひの十三夜
夕顔の花の一花か一世とも
家持の氷見の海見ゆ秋桜

仏にも神にも手向け菊の酒　H12・11・26　森　澄雄　読売俳壇
瀧音は空にかへりて常山木の実　H12・12・11　廣瀬　直人　産経俳壇
凩や新月消えるかと思ふ　H13・1・28　〃　〃
あら玉の天あをあをと甲武信岳　H13・3・11　森　澄雄　読売俳壇
化野も嵯峨野もひとし竹の秋　H13・5・27　〃　〃
羅の蟬のごとくに少年僧　H13・7・1　〃　〃
百咲いて百の散華や夏椿　H13・9・9　廣瀬　直人　産経俳壇
色鳥や源氏これより須磨明石　H13・9・16　鍵和田秞子　NHK俳壇
土蔵から巽のひかり寒の入り　H14・2・17　福田甲子雄　読売俳壇
あかあかと寄進の木魚夏来る　H14・6・9　廣瀬　直人　産経俳壇
結界の奥の院から黒揚羽　H14・7・4　福田甲子雄　読売俳壇
空よりも海のまぶしき月見舟　H14・9・21　鷹羽　狩行　伊勢神宮観月会
釈迦牟尼の御目つぶらや煤払ひ　H15・2・2　廣瀬　直人　産経俳壇
十方に父が塩ふる鍬始め　H16・2・15　〃　〃
弘川寺に雪なほのこる西行忌　H16・4・13　森　澄雄　読売俳壇
轆轤師の手元五月の風生まる　H16・6・21　福田甲子雄　〃

H17・4・18	森　澄雄	〃	春霞鳰の海より比良比叡
H18・1・1	靖国暦	靖国神社	大空に雲脱ぎすてよ葉月富士
H18・5・14	堀口　星眠	毎日俳壇	帆船は壜に鎮もり春一番
H18・5・28	小島千架子他	東京都俳句人連盟	白木蓮月下に祭あるごとし
H18・7・7		伊藤園新俳句大賞	追いかけて追いかけられて十二月
H18・10・12	有馬　朗人	芭蕉祭	山寺の岩の明暗十三夜
H18・11・1	田中　陽	俳句界	ニコライのクルスきらりと雲の峰
H19・1・1	岩城　久治	〃	関ヶ原西も東も秋の風
H19・3・1	齋藤　愼爾	〃	入口も出口もあらじ大枯野
H19・7・1		角川全国俳句大賞	西陣の廂百間夕燕
H20・2・1	今井千鶴子	俳句界	芋坂の羽二重団子獺祭忌
H20・6・29		靖国神社みたま祭	海鳴りに帰心ありしか石蕗の花
H20・7・1		角川全国俳句大賞	大利根の西も東も麦の秋
H21・3・1	舘岡　沙緻	俳句界	蛇進む砂ひとつぶも身につけず
H21・4・1	齋藤　愼爾	〃	記紀の世の大和三山初霞

（敬称略。雑誌は刊行号の月の一日を日付とした）

◆歳時記掲載句一覧表

年月日	書名	出版社	俳句
H5・11・26	甲信・東海 ふるさと大歳時記	角川書店	初時雨伊吹とめどなき暮色
H7・4・7	世界大歳時記	角川書店	日脚伸ぶユトリロに会ふコタン小路
H11・6・20	現代俳句歳時記	現代俳句協会	くろぐろと土の匂いの穀雨かな
H18・1・1	ザ・俳句歳時記	第三書館	満天の星がとぶなりお水とり
〃	〃	〃	稲妻の闇大いなる燧岳
〃	〃	〃	空よりも海のまぶしき月見舟
〃	〃	〃	仏にも神にも手向け菊の酒
〃	〃	〃	土蔵から巽のひかり寒の入り
〃	〃	〃	山茶花や花の月日の宇陀郡

四、芭蕉祭

伊賀市は、俳聖松尾芭蕉の生誕地で、日々旅に生き旅を栖とした漂泊の俳人芭蕉翁は元禄七年（一六九四年）、五十一歳で亡くなった。ふるさとの伊賀上野では毎年命日の十月十二日に遺徳を慕う人達によって「しぐれ忌」を営んできた。

日本の詩歌史に「俳諧」という庶民詩を確立した芭蕉翁の偉業を踏まえ、昭和二十二年に、「しぐれ忌」は「芭蕉祭」と改められた。本年（平成二十七年）で六十九回目を迎える。伊賀の上野公園を中心に市内各地で式典など各種行事が催され、「文化薫る歴史のまち」伊賀の秋をいろどる風物詩として親しまれている。

五、俳聖殿

俳聖殿は芭蕉生誕三百年を記念して、昭和十七年、伊賀市内居住の篤志家、川崎克氏が私費を投じて建設したもので、伊賀の上野公園内にある。建物全体は芭蕉翁の旅姿をあらわしたもので、上の丸い屋根は旅笠、下の八角形の廂は袈裟、それを支える柱は行脚する翁の杖、俳聖殿の木額は顔を象徴している。

堂の中には、帝展審査院長谷川栄作氏が原像をつくり、川崎克氏が焼成した伊賀焼の芭蕉翁瞑想像が安置されている。

六、第六十回芭蕉祭について

平成十八年九月十八日、伊賀市、芭蕉翁顕彰会より連名で、
「貴殿の作品、山寺の岩の明暗十三夜の句が、有馬朗人先生の特選となりましたので
お祝い申し上げげます」
と書いた書状が届き、さらに出席方を依頼された。
十月十二日の芭蕉祭について、添えられた日程表は次の通りであった。式典ののち、
芭蕉翁の史跡を訪ね、当日投句の俳句大会に参加した。

式典

平成十八年十月十二日午前九時二十五分から十一時三十分

伊賀上野公園俳聖殿前

次第

1　斉唱　芭蕉さん
2　献花　献茶　献果
3　祭詞　伊賀市　顕彰会
4　式辞　伊賀市議会議長
5　文部科学大臣賞授賞とあいさつ
6　献詠俳句（選者献詠句、特選句披講）
7　懸額除幕（文部科学大臣賞、選者献詠句、特選句授賞）
8　三重県教育委員会賞授賞
9　献詠連句奉納及び授賞
10　芭蕉祭ポスター最優秀賞授賞
11　絵手紙最優秀賞授賞
12　祝辞（来賓）
13　合唱「芭蕉」「奥の細道」

講演会　講師　文部科学大臣賞受賞　田中善信氏
「芭蕉と伊賀上野、松尾家の家柄と芭蕉の友人、門人など」

◆芭蕉ゆかりの史跡めぐり

・蓑虫庵（上野西日南町）

蓑虫庵は、無名庵、西麓庵、東麓庵、瓢竹庵とともに芭蕉翁五庵のひとつとされている。この中で唯一この蓑虫庵が現存している。芭蕉翁の門弟服部土芳の草庵で、庵の名は貞享五年三月、庵開きの祝として芭蕉が贈った〈蓑虫の音を聞きに来よ草の庵〉の句にちなんでいる。土芳はここで芭蕉翁の教えをまとめて『三冊子』を執筆している。

蓑虫庵の庭先に芭蕉敬慕の神部満之助氏の〈蓑虫の音を聞かばやとこの庵〉の句碑がある。また円窓をうがった古池塚があるが、これは開眼をあらわし、訪れる人の目を捉えている。

・上野天神宮（上野東町）

芭蕉が宗房という号を使っていた二十九歳のとき、伊賀上野の俳諧仲間の発句をあつめ、「三十番俳諧合」をまとめ『貝おほひ』と名づけ伊賀上野天神宮に奉納した。

・故郷塚（農人町）

真言宗の遍光山願成寺という寺には、境内に芭蕉の遺髪を納めた故郷塚がある。松尾家の菩提寺で愛染明王を本尊としているため愛染院の名でも呼ばれている。文化七年に九州大村藩士の長月庵若翁が復興した。明治時代には尾崎紅葉・江見水蔭らの一行が訪れ、そのときの記念の写真がある。

・芭蕉翁生家（上野赤坂町）

芭蕉翁は、正保元年、現伊賀市上野赤坂町で生まれた。幼少より藤堂藩伊賀付の侍大将藤堂新七郎家に仕えて、嗣子蟬吟とともに俳諧を学んだが、蟬吟の没後奉公を辞めた。その後、江戸に出て俳諧師となり、三十七歳のとき『桃青門弟独吟二十歌仙』を刊行、俳壇における地位を確立し、蕉風俳諧の祖と仰がれる新奇の俳風をうちたてたが、元禄七年十月十二日、五十一歳の時、旅先の大阪で生涯を閉じた。

釣月軒は、生家の裏にある建物で、芭蕉翁が処女集『貝おほひ』を執筆したところでもある。伊賀へ帰省の折にはこの建物で起居していた。

◆俳句大会

この史跡めぐりが終わってから「上野ふれあいプラザ」三階で当日投句の俳句大会があり、私も

時雨忌の芭蕉生家の土間を踏む

を投句したところ、宮田正和先生、茨木和生先生にトップで入選させていただいた。

七、良き師

六十の手習いで始めた私の俳句が、「俳聖殿」殿堂入りを果たすことができたのは、何といっても良き師に恵まれたことである。

1 「雲母」「白露」時代

「雲母」時代の**飯田龍太先生**（故人）、「雲母」「白露」を通じての**依田由起人先生**（故人）、**廣瀬直人先生**、**福田甲子雄先生**（故人）、そして川越の**毛呂刀太郎先生**（故人）には、常に「手にとるように」してご指導いただいた。

2 「青玄」時代

「青玄」の伊丹三樹彦先生は、私が年一回都内でやっていた俳句と写真展について、その道のオーソリティであったので、人を介してご紹介をいただき、一度新宿でお目にかかった。以後「青玄」の同人（後、「青群」）相模原市大西やすし氏を通じて、俳句と写真について貴重なご指導をいただいた。

3 元武蔵野大学名誉教授 大河内昭爾先生

元武蔵野大学名誉教授であった、大河内昭爾先生（故人）には、私の句集に二回にわたり序文をお願いした。終生、文学的助言をいただいたが、一昨年他界された。

4 元「子午線」同人 平井洋城先生

俳人平井洋城先生（故人）は、近代文藝社から『俳句作法ノート』など十冊近くの本を出版し、その都度本の贈呈をうけた。「俳句の骨法」「俳句の技法」などについて詳しくご指導をいただいた。先生には私のやっていた俳句と写真展の審査を何回もお願いしたが、いつも気持よくやっていただき、成果をあげることができた。しかし数年前に亡くなられ、まさに心の空洞が今もってふさぐ日はない。

5　元国際俳句交流協会会長　内田園生先生

元国際俳句交流協会会長、内田園生先生（故人）は前田日吉さん、宮本修伍さんなどと帝国ホテル句会をやっておられ、私も何回か句会に誘われた。大変きさくな方で会えば「針ヶ谷さんの俳句が〇〇新聞に載っていた」などと言葉をかけていただいた。いつか昼食を一緒にとった時、私が田無だと申し上げたところ、はし袋に〈旅人の行き交ふ町や田無宿〉とすらすらと書いて私に渡された。正月の年賀状はかかさず差し上げていたが、故人となられた。

6　元「ぽお」同人　西島覚氏

江東区の医師西島覚氏（故人）は、医師のかたわら五十年近く俳句をやっておられ、句集も九冊だされた。私は俳句と写真展をやる関係で現代俳句協会に入る必要があり、知人を介して推薦人となってもらった。九十歳を過ぎても旺盛な作句力があり、二、三人集まると喫茶店や食堂でもすぐ「句会をやろう」と言って、二、三時間はがん張る。親子ほど違うのにその活力には圧倒された。慈父のようにこまかい俳句指導もやっていただき、自宅にも何回もお邪魔した。九十六歳で大往生し、私も友人代表として弔辞を読んだ。

7　元「水路句会」会長　松井牧歌先生

松井牧歌先生（故人）は、二十一頁で述べたとおりで、「響」の編集長をやっておられ、私が「雲母」に入ったことを知り、早速「響」に入会させられた。職場が同じだったので「職場俳句」の他、松井さんが個人でやっておられた「水路句会」にも再々出入りし、数々のご指導をいただいた。

8　元日本春秋書院院長　大日方鴻允氏

私はかつてこの春秋書院で、書の指導をいただいたことがあった。このことで、院長から「全国から師範クラスを集めて、毎年特訓をするので、あなたに俳句を教えてもらいたい」とお話があり、三年程、一回二十名の師範の方々に俳句を教えた。全国組織であったため「日本春秋書院大学俳句講師」の名刺をいただき、今でも時々院の方に出向いている。温厚で誠実、博学で多くの方々から尊敬されていたが、四年ほど前亡くなられた。私も漢詩などのご指導を縷々いただいた。

9　古典文学研究者　川口順啓氏

先生は、金沢学院大学客員教授を務められている。そのかたわら、西東京市生涯学習推進会議座長として活躍されていた。現在は西東京市図書館協議会委員、ＮＰＯ法人東京雑学大学顧問もなさっている。「さとみ句会」は年三回文学講座をひらいており、既に三十六回を実施した。ことに短歌や俳句の変遷、日本の短詩型文学の系譜などについて、平易にご指導いただき、句会運営上大いに参考となり、会員もよき師として尊敬している。

八、良き友人

1　元「さとみ句会」副会長　小川迷亭氏

上石神井出身の小川氏（故人）は、無類の写真好きで東京新聞に彼の撮った写真がよくでていた。またエッセイもプロ級で舌をまいたことも何度もあった。彼とは「都民文芸句会」の会長松嶋光秋氏の紹介で知り合い、のち私が「さとみ句会」を始めた折、副会長として共にお付き合いいただいた。てにをはと新仮名づかい、歴史的仮名づかいにうるさい人で閉口したことも何回かあった。しかし、指導やまとめでは私も彼を頼りにしていたし、俳句理論についてもよく議論し、いわば無二の親友であったが、若くして亡くなられた。

2　元「雲母」「白露」会員

元「西武蔵句会」**加藤親夫氏**、**矢野潤水氏**、**赤地鎮夫氏**、**清野修氏**、**森本幸比古氏**、**渡辺雄三氏**、**岡部麗子氏**、**柿沼茂氏**、**伊藤和美氏**は、私が「雲母」に入会したころからの先輩で、まさに家族同様に日常茶飯事のことまで何かとご指導いただいた。ことに私の健康のことについてはよく目をかけていただいたことは終生忘れない。なお、家の近くに住んでいた**渡辺庄三郎**（故人）・**ムツヱ夫妻**にも一方ならぬご厚情をいただいた。

3　「都民文芸句会」会長　松嶋光秋氏

松嶋光秋氏は、読売新聞社に勤めていたが、お父上が画家であったことから、戦後、「赤鳥会」を創立しその会長を務めていた。凝り性で、「都民絵画研究会」「東京パレットクラブ」「画友会」「東京絵画研究会」をひとつにまとめて、「都民絵画研究会」とし、勤労福祉会館、そごうデパート、紀伊國屋画廊で各種展覧会を開いた。さらに

「赤鳥会」「木犀会」などの句会をはじめていたが、これにあきたらず平成八年、「都民文芸」を創立し、私に「俳句の講師」を依頼してきた。それはその二、三年前に『利根川歳時記』をだしたいから、俳句に応募していただきたいと手紙をもらい、十句位を送ったことからのご縁であった。以来十年位、月一回の句会に参加し、私の選で、大賞一、特選五句、入選十句を選んでいた。したがって、句会後のディスカッションが会員の大きな勉強になった。俳句の心構え、俳句の楽しさ、俳句の約束、俳句の表現、リズム感、切字、文語と口語など、ことに「独りよがり俳句はダメ」ということを訴えた。その結果、かなり質のよい俳句となり、それなりの人間関係も醸成できた。

4 随筆家 二ノ宮一雄氏

二ノ宮一雄氏は、「西武蔵句会」に少し遅れて入られたが、なかなか俳句がうまいし、「文才」もかなりあった人である。平素冗談まじりの話で皆を笑わせた人で、人づき合いもよく、とくに女性にもてた。彼が昭和三十五年ごろ、檀一雄に私淑し、著名作家とつき合っていたこともうかがった。その後、突然俳句を辞められたので、彼の才能からして勿体ないと慰留したが、実は「第五三回日本随筆家協会賞を受賞することとなり」「これからエッセイに転向する」とのことで、私も祝意を表し、表彰日にかけつけ祝辞を述べた。その後続いて著書『長き助走』などを出されており、かつ、文芸誌「架け橋」を創刊し、代表として将来が楽しみだ。

余談だが、私が私淑している元武蔵野大学名誉教授大河内昭爾先生もそのころ檀さんと親しく、二ノ宮氏に逢ったとのことで驚いている。「西武蔵句会」ではよきライバルであった。

5　作家　山野悠子氏

「山口県文芸懇話会」に属し、小説、随筆、古代史を著し、ことに『御赦免花』で、高島秋帆と江川太郎左衛門について書いた。田無在住で親しくなった。

6　作家　難波田節子氏

文芸評論家、大河内昭爾先生の愛弟子。『晩秋の客』『太陽の眠る刻』など有名。大河内先生が日本文芸大賞を受賞した時、初めて知り合い、以後文通をつづけ、私の句についても、いろいろご指摘いただいた。

あとがき

私は、平成十六年十二月十八日に第一句集『青美濃』を上梓いたしました。これは、所属していた「雲母」「白露」、新聞投句入選句の千二百句の中から龍太、直人師選の四百句をまとめたものです。さらに平成二十三年十一月二十一日、平成十七年一月以降の五大新聞、「ＮＨＫ俳句」「白露」「俳句界」等の入選句の中から四百句を撰び、第二句集『故郷《ふるさと》』を上梓いたしました。本書は丁度その真ん中あたりについて述べていますので、重複した部分もあろうかと思いますが、『「俳聖殿」殿堂入りへの軌跡』としてまとめたので、よりこまかく多岐にわたっていると思います。

「俳聖殿」殿堂入りの報せを知った武蔵野大学名誉教授大河内昭爾先生は、遠く九州でこれを知り丁重なるお祝いを戴きました。先生には文学のみにかかわらず公私ともにお世話になり、句集の帯文を書いていただきましたが、一昨年八月十五日お亡くなりになりました。そこで先生の三周忌を修し本書を上梓し、「富士霊園」に眠る先生の墓前にお供えすることにいたしました。

平成二十七年八月十五日

針ヶ谷里三

著者略歴

針ヶ谷里三（はりがや・さとみ）

昭和２年６月１日　群馬県で生まれる
昭和62年　「雲母」入会（平成４年終刊まで）
昭和63年　「響」入会（平成４年まで）
平成５年　「白露」入会（平成24年終刊まで）
平成７年　毎日俳壇賞受賞
平成10年　「都民文芸句会」同人
平成12年　田無市（現西東京市）生涯教育俳句講師
平成13年　「さとみ句会」発足、会長
平成15年　美多摩新聞俳壇選者
平成17年　日本春秋書院大学俳句講師
平成18年　東京都俳句人連盟東京都俳句大会東京新聞賞
　　　　　第60回芭蕉祭芭蕉翁献詠俳句特選（俳聖殿入り）
平成19年　角川全国俳句大賞東京都賞
平成20年　角川全国俳句大会東京都賞
平成21年　双葉俳句愛好会選者
平成23年　日本詩歌句協会協会賞（俳句部門）
平成25年　「郭公」入会

句　　集　『青美濃』『故郷』
合同句集　『さとみ』『さとみⅡ』
随　　筆　『倶会一処』

現 住 所　〒188-0012　西東京市南町6-6-16-613
電話・ＦＡＸ　042-468-9756

「俳聖殿《はいせいでん》」殿堂《でんどう》入《い》りへの軌跡《きせき》

発　行　平成二十七年八月十五日
著　者　針ヶ谷里三
発行者　大山基利
発行所　株式会社　文學の森
〒一六九-〇〇七五
東京都新宿区高田馬場二-一-二　田島ビル八階
tel 03-5292-9188　fax 03-5292-9199
e-mail　mori@bungak.com
ホームページ　http://www.bungak.com
印刷・製本　竹田　登

ISBN978-4-86438-424-7　C0095
落丁・乱丁本はお取替えいたします。